Published by Mónica Sarmiento
E-mail: mssarmiento@hotmail.com
Menlo Park,CA 94025

Library of Congress Cataloging-in-Publication Data

Mónica Sarmiento, Author
Agustina Lopes, Illustrator

ISBN: 978-1-954826-014
Printed in the United States of America. First Edition

Yo sé leer

Mis primeras palabras

Autora: Mónica Sarmiento
Ilustradora: Agustina Lopes

mapa

puma

sapo

sala

pato

topo

una rosa

una rana

un bote

una foto

un dado

un nido

la casa

la cena

el queso

el mago

la gema

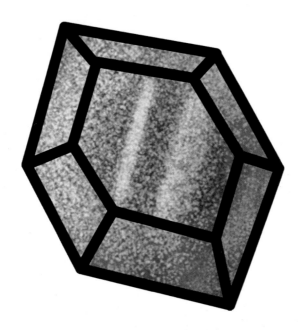

el coche

la vaca

la nave

el gallo

la llama

el rayo

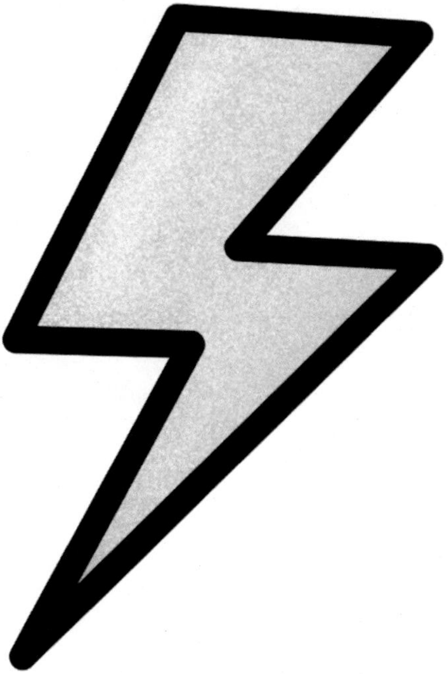

la taza

Esta es una mochila.

Esa es una mochila.

Esta es una bellota.

Esa es una
bellota.

Este es un conejo.

Ese es un conejo.

Esta es una cebolla.

Esa es una cebolla.

Este es un juguete.

Ese es un
juguete.

Este es un payaso.

Ese es un payaso.

Made in the USA
Las Vegas, NV
16 September 2023

77666283R00040